Supa bunicii de sâmbătă

Grandma's Saturday Soup

Written by Sally Fraser

Illustrated by Derek Brazell

Romanian translation by Gabriela de Herbay

Luni dimineața mama m-a trezit devreme.
„Mimi, scoală-te și îmbracă-te ca să mergi la școală."
M-am dat jos din pat adormită și obosită, și am
tras perdelele.

Monday morning Mum woke me early.
"Get up Mimi and get dressed for school."
I climbed out of bed all sleepy and tired,
and pulled back the curtains.

Era o dimineață noroasă și rece.
Pe cer, norii erau albi și pufoși.
Îmi aminteau de găluștele din
supa bunicii de sâmbătă.

The morning was cloudy and cold.

The clouds in the sky were white and fluffy.

They reminded me of the dumplings in Grandma's Saturday Soup.

Când merg la bunica acasă, ea îmi spune poveşti despre Jamaica.

Grandma tells me stories about Jamaica when I go to her house.

„Norii din Jamaica aduc ploaia cea mai abundentă.
Este ca şi cum cineva din cer ar fi dat drumul la robinet.
Briza caldă duce norii şi soarele iese din nou afară.“

"The clouds in Jamaica bring the heaviest rain.

It's like someone has turned the tap on in the sky.

The warm breeze moves them on and the sun comes out again."

Marți dimineața tata m-a dus la școală.
Era o zi rece, geroasă; ninsese în timpul nopții.

Tuesday morning Dad took me to school.
The day was cold and crisp; it had snowed in the night.

Este albă şi netedă şi arată ca şi miezul unui yam tăiat.
Exact ca şi yamul din supa bunicii de sâmbătă.

It's white and smooth and looked like the inside of a sliced yam.

Just like the yam in Grandma's Saturday Soup.

Bunica îmi spune că nisipul alb, fin, de pe plajă arată ca şi zăpada proaspăt căzută, dar nu e frig niciodată.

Grandma tells me that the white powdery sand on the beaches looks like fresh snow but it's never cold.

Mă întreb dacă aş putea să fac un om de nisip,
cu nisipul alb?
Nu ar fi amuzant?!

I wonder if I could make a sandman with the white sand?

Wouldn't that be funny?!

Miercuri ningea şi mai tare. Era frig,
dar eram bine înfofolită.
Când merg la bunica acasă, ea îmi
spune poveşti despre Jamaica.

Wednesday the snow fell harder. It was cold but I was wrapped up warm.
Grandma tells me stories about Jamaica when I go to her house.

„Soarele străluceşte în fiecare zi. Soarele îţi încălzeşte corpul şi trebuie să te îmbraci numai în şort şi un tricou. "
Cald în fiecare zi? Şort şi tricou? Nu pot să cred asta.

"The sun shines every day. The sun is warm on your skin and you only need to wear your shorts and a T-shirt."
Warm every day? Shorts and T-shirt? I can't believe that.

În pauza de joacă, de după masă,
am făcut bulgări de zăpadă şi ne-am
bătut cu ei.

At afternoon play we made snowballs
and threw them at each other.

The snowballs remind me of the round soft potatoes in Grandma's Saturday Soup.

Bulgării de zăpadă îmi aminteau de cartofii moi, rotunzi din supa bunicii de sâmbătă.

Joi, după şcoală, am mers la bibliotecă
cu prietena mea Layla şi cu mama ei.

On **Thursday** I went to the library
after school with my friend Layla
and her Mum.

Trecând pe lângă parc am văzut bulbii mici începând să
crească. Lăstarii mici verzi ieșeau la iveală prin zăpadă.
Arătau ca și ceapa verde din supa bunicii de sâmbătă.

As we passed the park we saw the little bulbs starting to grow.
The little green shoots poked through the snow. They looked like
the spring onions in Grandma's Saturday Soup.

Grandma tells me about the wonderful plants and flowers in Jamaica.
"In Jamaica the most beautiful flowers grow wild.
They are all different colours and sizes
and their smell fills the air."
I've never seen flowers like that before,
I wonder if she's only joking?

Bunica îmi spune despre plantele şi florile minunate din Jamaica.

„În Jamaica, florile cele mai frumoase sunt sălbatice. Ele sunt de tot felul de culori şi mărimi, şi mirosul lor umple aerul."

Niciodată nu am văzut flori ca şi astea.

Mă întreb dacă ea doar glumeşte?

Vineri, mama şi tata întârzie la lucru.
„Grăbeşte-te Mimi, alege un fruct ca să-ţi iei la şcoală."

On **Friday** Mum and Dad are late for work.
"Hurry Mimi, choose a piece of fruit to take to school."

M-am uitat la vasul plin cu fructe.
Să aleg o portocală, un măr sau o pară?
Mărul şi para; culoarea şi forma lor îmi aminteau
de cho-cho din supa bunicii de sâmbătă.

I looked at the bowl full of fruit.

Should I choose an orange, an apple or a pear?

The apple and pear; their colour and shape remind me

of the cho-cho in Grandma's Saturday Soup.

Bunica îmi spune despre fructele din Jamaica.
„În Jamaica, în drum spre şcoală poţi să-ţi culegi un fruct
din copac, un mango copt, zemos şi dulce."

Grandma tells me about the fruits in Jamaica.

"In Jamaica you can walk to school and pick a piece of fruit

from a tree, a ripe mango all juicy and sweet."

După şcoală, ca trataţie pentru că am luat note bune, mama şi tata m-au
dus la cinema.
Când am ajuns acolo soarele strălucea, dar era încă frig.
Cred că vine primăvara.

After school, as a treat for good marks, Mum and Dad took me to the cinema.

When we got there the sun was shining, but it was still cold.

I think springtime is coming.

Filmul a fost minunat şi când am ieşit afară soarele apunea peste oraş.
Cum apunea, era mare şi portocaliu ca şi dovleacul din supa bunicii de sâmbătă.

The film was great and when we came out the sun was setting over the town.
As it set it was big and orange just like the pumpkin in Grandma's Saturday Soup.

Bunica îmi spune despre răsăritul şi apusul soarelui în Jamaica.
„Soarele răsare devreme şi te face să te simţi bine şi prgătit pentru
ziua care te aşteaptă. "

Grandma tells me about the sunrise and sunsets in Jamaica.
"The sun rises early and makes you feel good and ready for your day."

„Când apune soarele, şi răsare luna, ea e urmată de un milion de stele care arată ca diamante strălucind pe cerul întunecat." Un milion de stele, nici nu pot să-mi imaginez aşa de multe.

"When it sets and the moon comes out she is followed by a million stars that look like diamonds twinkling in the night sky."
A million stars, I can't even imagine that many.

Sâmbătă dimineața am mers la ora mea de dans.
Muzica era lentă și tristă.

Saturday morning I went to my
dance class. The music was slow
and sad.

Bunica îmi spune despre ritmurile muzicii calipso şi a tobelor de percuţie, despre oameni care cântă la umbra unui copac. Un copac minunat cu frunze lungi care arată ca şi fâşiile din coaja unei banane verzi.

„Muzica te face fericit şi vrei să dansezi."

Grandma tells me about the rhythms of calypso music and steel drums, of people playing under the shade of a tree. A wonderful tree with long leaves that look like the strands of skin from a green banana.

"The music makes you happy and want to dance."

Mama m-a luat de la ora de dans. Am mers cu maşina. Am mers de-a lungul străzii şi am trecut pe lângă şcoala mea. La parc am întors la stânga şi apoi înainte pe lângă bibliotecă. Prin oraş, acolo e cinematograful şi acuma nu e prea departe.

Mum picked me up after class. We went by car.

We drove down the road and past my school. We turned left at the park and on past the library.

Through the town, there's the cinema and not much further now.

Mi-era foame. Foarte foame. În cele din urmă am ajuns la bunica.

I was hungry. Really hungry. At last we arrived at Grandma's.

Am alergat spre uşă şi puteam să miros un miros delicios.
Sunt banane verzi, cho-cho şi yam, găluşti, cartofi şi dovleac...

I ran to the front door and could smell a delicious smell.
It's green bananas, cho-cho and yams, dumplings, potato, and pumpkin...

ceapă verde, pui, un vârf de cuțit din condimentele regionale a bunicii și foarte mult concentrat de pui. Este supa bunicii de sâmbătă!

spring onions, chicken, a good pinch of Grandma's country seasoning and a lot of chicken stock.

It's Grandma's Saturday Soup!

Duminică prietenii noştri au venit la noi la masă.
Mama şi tata gătesc bine, mâncarea lor e bună, dar mâncarea mea
cea mai favorită din întreaga lume este supa bunicii de sâmbătă.

On **Sunday** we had friends at our house for dinner.
Mum and Dad are good cooks, their food is nice but my favourite
food in the whole wide world is **Grandma's Saturday Soup**.